Monoiseau

Texte et chanson de Sylvie Dumontier
illustrés par Julie Fréchette
Musique originale, conception sonore et réalisation de Denis Larochelle

Flammarion
Québec

Pour Julia et Éléonore

Cet après-midi-là, juillet sentait bon les framboises et le parfum des fleurs sauvages flottait doucement dans l'air au milieu des papillons et des libellules.

Shilvi et Popo prenaient leur goûter dans le jardin du petit chalet surplombant le lac d'Encre verte. (Popo disait toujours le lac des Crevettes.)

Alors qu'il s'appliquait à extraire du pot ce qu'il restait de confiture de prunes, Popo s'arrêta net et dressa l'oreille.

— Tu as entendu, Shilvi ?
— Entendu quoi ?
— Mais écoute !

À travers les clapotis des baigneurs et le chant de la cigale s'élevait un petit son aigu et désespéré.

— Cui-cui, cui-cui, cui-cui, au secours !

La petite fille entraîna son hippopotame en peluche en disant :

— Viens Popo, allons voir d'où vient cet appel de détresse.

— Oh ! Regarde !

Ils se penchèrent vers deux yeux
ronds apeurés qui les regardaient.
Ces petites billes misérables appar-
tenaient à un oisillon tombé du nid.

— Maman ! J'ai perdu ma maman
et mon papa. Et je ne sais pas
voler, fit l'oiseau effarouché.

Shilvi prit délicatement la petite bête et caressa son duvet échevelé.

— Comment t'appelles-tu ?
— Ma maman m'appelle Monoiseau.
— Moi c'est Shilvi et voici mon ami Popo.
— Je n'ai pas mangé de la journée ; je prendrais bien un petit ver.
— Un petit verre, tu as soif ?
— Mais non, pas un verre pour boire, un ver pour manger.

Shilvi ne comprenait pas ce que Monoiseau voulait dire.
Elle se pencha vers Popo et lui demanda à voix basse :

— Tu crois qu'il veut manger de la vaisselle ? Il n'a pas soif,
mais il veut un verre. Je n'y comprends rien du tout.
— Moi non plus je ne comprends pas. Quand on demande
un verre, c'est qu'on a soif.

Popo se tourna vers l'oisillon :

— Monoiseau, tu aimerais une petite framboise ?
— Mais non ! Je ne veux pas de framboise, je veux un ver !
— On n'en a pas, de verres, répliqua Shilvi un peu agacée.
— Mais si, il y en a partout, dans les arbres, sous la terre, vous
n'avez qu'à chercher un peu. Tiens, là. Il y en a justement un !

— Ah ! Je comprends ! Monoiseau veut manger des petites bestioles comme celles que mon papa met au bout de sa canne à pêche.

Shilvi attrapa alors le ver avec ses doigts et le fourra dans le bec de l'oisillon. Puis elle annonça :

— Nous allons prendre soin de toi, Monoiseau.

Quelques minutes plus tard, la petite fille avait ramené son nouvel ami chez elle.

— Je t'ai confectionné un petit lit douillet à l'aide d'une boîte et d'un peu de paille. Tu verras, il est très confortable.

Puis, elle se précipita vers les mangeoires à oiseaux sur le balcon et constata qu'elles étaient vides.

— Zut ! Plus une seule petite graine. Que pourrais-je bien lui donner ?

Elle réfléchit un instant, courut dans sa chambre et revint avec un énorme sac de bonbons.

— Voilà qui te fera du bien.

Monoiseau n'avait jamais vu de bonbon de sa vie. Intrigué, il picora une petite boule multicolore.

— Hum ! C'est joli toutes ces couleurs. Et ça goûte bon. Miam ! Je dirais même que c'est délicieux !

Quelques jours plus tard, l'oisillon était plus que ravi de sa nouvelle alimentation et guettait chaque jour avec impatience le retour de Shilvi.

— Monoiseau, j'ai fait quelques emplettes chez Mademoiselle Berlingot. Je t'ai acheté un peu de réglisse, du sucre d'orge et tout plein de sucettes. Bon appétit !

Pourtant le petit oiseau avait souvent le cœur gros car ses parents lui manquaient terriblement.

Un beau matin, en jouant sur le chemin qui les menait
à la forêt, nos trois amis entendirent des bruits
inhabituels.

— Cui-cui.

Shilvi demanda :

— C'était quoi, ce bruit ?
— Mais je reconnais cette voix,
s'exclama Monoiseau.

Il leva la tête.

— Là ! Là ! Shilvi, Popo !
Regardez ! Mon papa et
ma maman ! Papa ! Maman !

Monsieur et Madame Petite Plume descendirent de leur branche et enveloppèrent leur bébé de leurs grandes ailes.

La maman s'exclama :

— Monoiseau ! C'est bien toi ! J'ai peine à te reconnaître, mon petit.

Le papa de Monoiseau cachait mal son émotion :

— Mon chéri, nous étions morts d'inquiétude. Nous t'avons cherché dans toute la forêt. Quel bonheur de te retrouver !

Puis, il ajouta :

— Comme tu as grandi et... et... grossi !

En effet, l'oisillon frêle et minuscule que Shilvi et Popo avaient trouvé dans la forêt était devenu un gros oiseau ventru.

— Ah, vous trouvez ? fit Monoiseau en s'examinant des pattes aux ailes.

Il expliqua qu'il avait été recueilli par Shilvi et Popo, et présenta ses nouveaux amis à ses parents.

— Vous savez, sans eux, je ne serais plus là. Ils m'ont sauvé la vie et… et fait découvrir les bonbons !

Monsieur Petite Plume sourit et remercia Shilvi et Popo de s'être si bien occupés de son petit.

— Cet après-midi, nous fêterons nos retrouvailles. Et demain, tu apprendras à voler. Shilvi et Popo, je vous invite à la première leçon de vol de Monoiseau.

Le lendemain, la petite fille et son hippopotame furent aux premières loges pour voir leur ami s'élancer dans le ciel.

— Oh là là, quelle catastrophe ! s'exclama Shilvi.

Monoiseau était si gros et si lourd qu'il piquait du nez à chaque essai.

— Je suis attiré vers le sol, constata l'oisillon.

Madame Petite Plume l'observait, l'air préoccupé.

— Je crois que tes nouvelles habitudes alimentaires y sont pour quelque chose. Nous allons te remettre à un régime plus convenable pour un oiseau.

— Bientôt, ce sera l'automne et nous devrons partir pour les pays chauds. Il faut que tu apprennes à voler, mon petit. Pour cela, tu devras recommencer à manger des graines et des vers. Et renoncer aux bonbons, bien sûr. Nous reprendrons les leçons demain, fit Monsieur Petite Plume en prenant son envol.

Shilvi demanda alors à son ami :

— De quoi parlait ton papa ? Qu'est-ce que
c'est que cette histoire de pays chauds ?
— Il parlait de la migration. Nous, les
oiseaux, quand vient l'automne, nous
volons vers des cieux plus cléments,
là où nous pouvons trouver de la nour-
riture facilement, nous faire bronzer
et porter des lunettes fumées. Enfin,
c'est ce qu'on m'a raconté. Je n'ai
jamais migré, je n'étais pas
encore né l'année dernière...

La petite fille réfléchit. Elle avait peine à imaginer qu'elle serait séparée de son nouvel ami. Ils étaient si heureux, tous les trois.

Alors, elle eut une idée.

— Monoiseau, tu voudrais un fondant au chocolat ?

— Mais je ne peux pas. Papa a dit que je n'avais plus le droit de manger de sucreries.

— C'est vrai Shilvi, Monsieur Petite Plume a dit que...

— Un tout petit, ce n'est pas si grave, déclara la fillette en regardant Popo d'un air espiègle.

Mais le papa de Monoiseau, perché sur le grand chêne, avait tout vu.
Il prit sa voix la plus sévère et demanda :

— Qu'est-ce que c'est que cela ?

Shilvi s'empressa de cacher le sac de bonbons derrière son dos.

Monoiseau, le visage plein de chocolat, regarda son père sans bouger.

— Tu as désobéi, mon petit. Je t'avais interdit de manger des
friandises. Shilvi, Popo, savez-vous ce qui arrivera à votre ami
s'il n'apprend pas à voler ? Il ne pourra pas suivre les autres
oiseaux et il mourra dans le froid et la neige.

Les trois amis se regardaient en silence. Popo comprit tout à coup
les manigances de Shilvi. Celle-ci baissa les yeux. Elle se trouva
bien idiote d'avoir encouragé son ami à manger des bonbons.

— Je suis désolée, Monsieur Petite Plume. J'étais triste à l'idée que
Monoiseau nous quitte alors j'ai pensé...
— Tu n'as pensé qu'à toi. Tu sais, la migration n'est pas un petit
voyage d'agrément, c'est une question de survie !
— Pardonnez-moi.

— J'aimais beaucoup les bonbons, moi. Dis papa, ça n'existe pas, des vers enrobés de nougat ? Il me semble que ce serait plus gai !

Nos trois amis pouffèrent de rire, tandis que Monsieur Petite Plume fronçait les sourcils.

— Tu as assez mangé de sucre pour cette année.

Quelques semaines plus tard, octobre était là. Les feuilles multi-colores tournoyaient dans le ciel et les jours raccourcissaient. Monoiseau et ses parents avaient fait leurs bagages pour partir vers le Sud.

Ils avaient donné rendez-vous à Shilvi et Popo à la lisière de la forêt au lever du soleil. La fillette et son hippopotame attendaient patiemment lorsque la petite famille arriva.

— Ça y est, vous êtes prêts ?
— Oui, nous sommes prêts.

Monoiseau avait perdu ses quelques grammes en trop, mais il semblait un peu nerveux à l'idée d'accomplir son premier grand voyage. Sa maman l'encourageait tendrement.

— Tu voles comme un ange, mon amour.
— Je n'ai jamais eu d'élève aussi doué ! ajouta fièrement le papa oiseau.

Shilvi se pencha vers son ami :

— Tu vas nous manquer, Monoiseau.
— Vous aussi, vous allez me manquer. J'ai passé un été fabuleux.
— Il est temps de se dire au revoir. Merci d'avoir pris soin de notre petit et de l'avoir si bien nourri, reprit Monsieur Petite Plume en riant.

— Au revoir, mes amis !
— Au revoir, Monoiseau.
— À bientôt ! dirent Monsieur et Madame Petite Plume.

Les trois oiseaux prirent leur envol pendant que Shilvi et Popo regardaient le soleil se lever à l'horizon. Ils virent disparaître au loin le papa et la maman entourant leur petit. Monoiseau volait comme un grand, le cœur léger et la tête pleine de souvenirs, rêvant à ce jour de printemps où il reviendrait s'amuser dans la forêt avec ses amis.

Bec sucré

Dans le petit matin d'automne
Nuage gris, pépin de pomme
Je reste là et tu t'envoles
Au paradis des parasols

Ma petite boule de plumes
Ce soir tu toucheras la Lune
Et en songeant à notre été
Tes rêves goûteront sucré

Refrain
Praline et chocolat
Sucre d'orge et nougat
Guimauve et caramel
C'est doux comme le miel
Bleu, rouge ou arc-en-ciel
Bleuet, fraise ou cannelle
Pourquoi donc les bonbons
Sont si bons dans le bedon ?

Mais pour un petit oisillon
Même si ce n'est pas très chouette
Il faut du riz, des cacahuètes
Du ragoût de colimaçon

Quand on a un bec et des ailes
Les gâteries, je vous le dis
Sont des sucettes aux coccinelles
Et du clafoutis de fourmis !

Refrain
Praline et chocolat
Sucre d'orge et nougat
Guimauve et caramel
C'est doux comme le miel
Bleu, rouge ou arc-en-ciel
Bleuet, fraise ou cannelle
Pourquoi donc les bonbons
Sont si bons dans le bedon ?

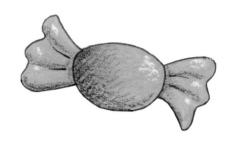

Au bout de ce très long voyage
À farfouiller dans les nuages
L'hiver aura eu le temps
D'ôter son manteau et ses gants

Avec Popo, je guetterai
Dans le joli ciel bleu de mai
Le plus mignon des becs sucrés
Et les beaux jours vont commencer

Refrain
Praline et chocolat
Sucre d'orge et nougat
Guimauve et caramel
C'est doux comme le miel
Bleu, rouge ou arc-en-ciel
Bleuet, fraise ou cannelle
Pourquoi donc les bonbons
Sont si bons dans le bedon ? (bis)

Consultante pour les illustrations : Nadja Cozic
Conception graphique : Elastik

Réalisation du disque : Denis Larochelle
Musique originale : Denis Larochelle assisté de Marc Larochelle
Chanson (paroles, musique et interprétation) : Sylvie Dumontier
Prise de son, montage sonore, mixage et matriçage : Luc Papineau
Prise de son (chanson) : Rob Heaney
Assistants à la prise de son : Pierre Plante, Guy Charbonneau, Christian Ferland
(Studio de Radio-Canada) ; Emmanuel Faivre (Blue Line Studio, Restinclières, France)

Musiciens
Piano et programmation : Denis Larochelle
Guitare : Pierre Côté
Contrebasse : Guy Boisvert
Batterie : Paul Brochu
Clarinette et flûte traversière : Patrick Vetter
Orchestrations complétées avec l'aide de
Symphonic Orchestra Samples (Miroslav Vitous)

Comédiens
Narrateur : Daniel Brière
Shilvi : Sylvie Dumontier
Monoiseau et Madame Petite Plume : Anne Dorval
Popo : Benoît Brière
Monsieur Petite Plume : Denis Gagné

▸▸ 1. Monoiseau   13 min 23 s
▸▸ 2. Bec sucré (chanson)   3 min 37 s
▸▸ 3. Bec sucré (instrumental)   3 min 37 s
       Durée totale   20 min 37 s

Sylvie Dumontier voudrait remercier Louise Loiselle,
Anne-Saskia Barthe, Patrick Leimgruber et l'Agence Goodwin.

Catalogage avant publication de Bibliothèque et Archives Canada
Dumontier, Sylvie
      Monoiseau
      Doit être acc. d'un disque son.
      Pour enfants.
      ISBN 2-89077-296-9

      I. Fréchette, Julie, 1975-   . II. Titre.

PS8557.U536M65 2005   jC843'.6   C2005-941645-9
PS9557.U536M65 2005

Tous droits réservés
ISBN 2-89077-296-9
Dépôt légal : 4ᵉ trimestre 2005
Achevé d'imprimer sur les presses de Friesens (Canada)

www.flammarion.qc.ca